I0553667

La terre des chiens errants

story by:
Jennifer Degenhardt

translated by:
Theresa Marrama

Edited by:
Françoise Piron

This story was inspired by the antics of Uno the cat and his animal brethren, to highlight the colonial city of Antigua and the people who care so much about the *chuchos*, or street dogs. Uno, Sasha, Sadie and Dos are all real pets that live there and have consented with tail wags and purrs to be part of the story and are utterly delighted to be represented in French (and in a new location)!

To my writing partners, Dave, Bart & Wally.

TABLE DE MATIÈRES

Characters and Where They Live

La maison

Un el chat
Deux le chat
Sadie
Sasha

Le marché

Timón

Novalait

Flaca
Benito

La ville
Nacho

Vieux-Québec

Rue de Valière

Rue du Port

Rue du Prince Edouard

Côte de la Pot

Rue Saint-Vallier E

Rue Dauphin

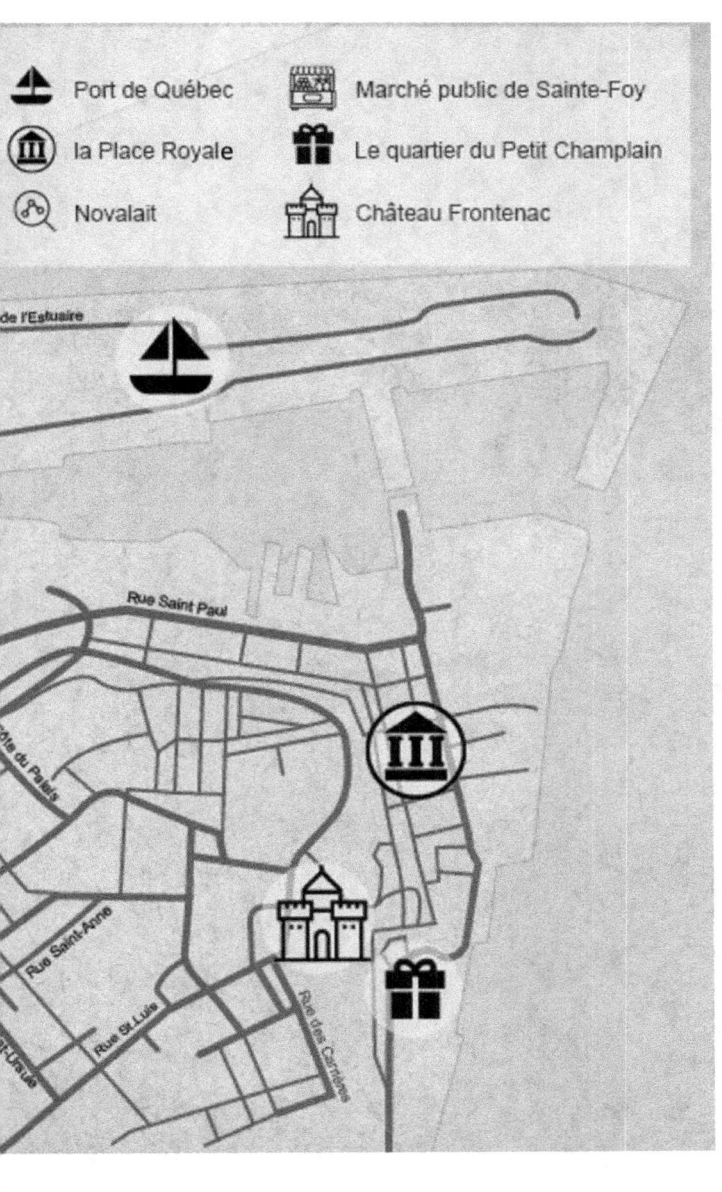

Port de Québec

Marché public de Sainte-Foy

la Place Royale

Le quartier du Petit Champlain

Novalait

Château Frontenac

de l'Estuaire

Rue Saint Paul

te du Palais

Rue Saint-Anne

Rue St Luis

Rue des Carrières

t-Ursule

REMERCIEMENTS

Merci to so many people for helping this book come about. First, to Theresa Marrama for the translation. My French is...well, I do better in Spanish, so I'm glad and thankful for the help. *Merci beaucoup* to Françoise Piron for her editing skills, both with the language comprehensibility and punctuation.

Thank you to Joan Feutsch and the stories about her pets which were the inspiration for this book. And to Uno, Dos, Sadie and Sasha for your furry encouragement.

A huge thank you to Camilo Mendoza for the gorgeous artwork, both on the cover and in the interior. It is a pleasure to work with you!

And to Julian Rowe, a thank you for the beautiful map of Vieux-Québec to help readers have a better idea of what's going on spatially.

Chapitre 1
Un

Bonjour. Je m'appelle Un. Je suis un chat. Oui, je suis Un le Chat. Je suis un excellent chat. Je suis complètement blanc. De plus, j'ai les poils blancs, mais j'ai les yeux jaunes et j'ai le nez rose.

Je vis à Québec au Canada dans le quartier du Petit Champlain. Je vis dans une grande maison, avec deux chiens et un autre chat, qui s'appelle Deux. Je suis très important dans la maison et très important à Québec aussi.

1

Je suis un chat et je fais des choses[1] de chat : je mange et je dors beaucoup. Je joue aussi beaucoup avec les insectes et je me lave le visage avec les pattes[2]. Mais je suis différent des autres chats, parce que j'ai un job. Oui, je travaille. Je suis important.

Quel est mon job ? Je suis criminel. Je suis voleur[3]. Chaque nuit, je sors de la maison et je vais dans d'autres maisons. Dans ces maisons, je vole des choses différentes. Quelquefois, je vole de la nourriture et quelquefois, je vole des vêtements. J'ai une collection intéressante de choses que j'ai volées[4].

Pendant la journée, je mange et je dors à la maison. Pendant la nuit, je suis dans les maisons de Québec. Le matin, je vais à la maison et je parle avec les chiens et avec Deux la Chatte.

---

[1] choses : things.
[2] pattes : paws.
[3] voleur : thief.
[4] j'ai volées : I stole.

2

Maintenant, je suis à la maison avec les deux chiens, Sadie et Sacha. Deux la Chatte n'est pas là.

—Bonjour, mes sœurs.

—Salut, Un. Quels nouveaux ragots[5] tu nous apportes, mon frère ? dit Sacha.

---

[5] ragots : gossip.

Chapitre 2
Sacha

Je parle avec Un:

—Il y a des nouveaux ragots à Québec ? Quelles informations as-tu ? Qu'est-ce que tu dis ? je demande.

Un parle :

—Sacha, tu parles beaucoup ce matin. Qu'est-ce que tu veux savoir ?

—Quels ragots tu nous apportes ? Tu es un excellent chat et tu es fort. Tu as les yeux jaunes et le nez rose, tu es blanc. J'aime ta couleur. Et

4

tu as une longue queue[6] blanche. Tu utilises ta queue pour parler avec les autres animaux. Tu es un chat important dans cette ville.

Je veux bien parler de mon frère, Un, parce que j'ai besoin d'informations. Je dis :

—Un, tu es un animal avec un job

—C'est vrai[7], dit Un, je suis important.

Je continue :

—Un, quand tu n'es pas à la maison avec nous, tu es en ville. Tu sors de la maison chaque nuit. Tu vas dans les différents quartiers et tu parles avec les chiens de rues[8]. Tu écoutes les ragots des autres animaux de la ville. Quelquefois, ton job est très dangereux.

Je veux obtenir des informations importantes d'Un le Chat. Je continue à parler :

---

[6] queue : tail.
[7] vrai : true.
[8] chiens des rues : street dogs.

5

—Un le Chat, tu es courageux[9]. Tu es bilingue[10]. Tu parles avec les chiens et tu marches sur les toits[11] des maisons pour sortir en ville. Tu y vas parce que pour nous, c'est impossible, et les informations que tu obtiens sont nécessaires et importantes. Et ta queue...

—OK, Sacha. Merci. Je comprends. Tu veux entendre les ragots. Et j'ai des ragots pour toi.

[9] courageux : brave.
[10] bilingue : bilingual.
[11] toits : roofs.

Chapitre 3
Un

Je parle avec mes sœurs encore une fois :

—J'ai des ragots pour tout le monde.

Dans la maison, je vis avec trois autres animaux: Deux la Chatte et deux chiens. Deux est un chat blanc, avec les yeux jaunes et un nez rose aussi. Deux, elle me ressemble, mais avec un peu de gris sur la tête. Deux est différente de moi. Deux ne sort pas de la maison. Elle va en haut, sur le

7

patio, pour se baigner, mais elle ne va pas dans la rue. Elle est paresseuse[12] et un peu timide.

Les chiennes de la maison sont différentes aussi. Sacha est une chienne brune de taille moyenne. Elle a les yeux marron et un nez marron aussi. Sacha est intelligente, mais elle parle beaucoup. BEAUCOUP. Sacha vient d'un quartier rural près de la ville. Elle est du quartier près de Novalait, une ferme laitière[13].

---

[12] paresseuse : lazy.
[13] laitière : dairy.

Sadie… Sadie est une chienne grise de taille moyenne, avec les poils courts et d'énormes oreilles. Comme Sacha, elle a les yeux marron, mais elle a le nez noir. Sadie n'est pas intelligente comme Sacha. Elle est bête[14], mais c'est une bonne chienne. Sadie n'est pas de la partie rurale de la ville. Sadie n'est pas de la ville. Elle est du quartier du Vieux-Québec, près du marché.

Maintenant, Sacha et Sadie vivent dans une immense maison avec moi et avec Deux la Chatte. Les deux chiennes sont différentes, mais ce sont toutes les deux de bonnes chiennes. Sacha passe ses jours à marcher dans toute la maison. Sacha est très inquiète pour ses amis dans les autres quartiers de la ville, surtout pour son petit ami, Benoît. Sadie est différente. Elle est paresseuse comme Deux la Chatte et passe ses jours en haut, sur le patio.

Mais c'est le matin et il est temps de parler des ragots.

_____

[14] bête : silly.

9

—OK, mes sœurs. J'ai des informations, mais ce ne sont pas des bonnes nouvelles, je leur dis.

—Qu'est-ce que c'est ? Qu'est-ce qui se passe ? dit Sacha, inquiète.

—Il y a beaucoup de chiens de rues qui disparaissent[15] de la ville près du Vieux-Québec. C'est un problème. Les chiens errants sont inquiets. Et moi aussi, je suis inquiète.

Sacha parle de son petit ami.

—Et mon Benoît ? Que faire ? demande Sacha. Qu'est-ce que nous pouvons faire ?

---

[15] disparaissent : they disappear.

Chapitre 4
Sadie et Sacha

Nous sommes Sadie et Sacha, les chiennes de la maison. Nous avons les yeux marron, quatre pattes chacune[16], de longues queues et un nez de couleur différente. Nous habitons dans une grande maison dans la ville de Québec. Nous avons une bonne vie à la maison.

Nous sommes sœurs, mais nous sommes sœurs adoptives. Avant, nous étions[17] des chiens errantes[18], mais maintenant nous sommes des animaux domestiques[19]. Nous vivons bien dans cette maison. Nous vivons ici parce que la vie est meilleure que dans la rue.

Pendant la journée, nous marchons dans la maison. Nous marchons le matin et l'après-midi. Et bien sûr, nous dormons beaucoup. Nous aimons dormir ! Quand nous ne dormons pas, nous parlons avec Deux et nous parlons avec Un

---

[16] chacun : each one.
[17] nous étions : we were.
[18] errants : stray.
[19] animaux domestiques : pets.

11

aussi, mais seulement le matin. Nous aimons écouter des ragots de chiens errants. Nous avons beaucoup d'amis qui vivent encore[20] dans les rues. Ce sont des chiens errants, comme le petit ami de Sacha. Nous voulons des informations à leur sujet.

Nous disons :

—Des chiens qui disparaissent ?? Comment ? Pourquoi ?

—Je ne sais pas, dit Un. Je ne sais pas. Je vais enquêter[21] ce soir.

---

[20] encore : still.
[21] enquêter : to investigate.

Chapitre 5
Un

Bonne nuit. Il fait nuit, mais ce n'est pas bon parce que ce soir il pleut. C'est le printemps au Canada et il pleut beaucoup. Mais j'ai besoin d'aller en ville pour enquêter. Mon job est important. Mes sœurs ont besoin d'informations et les chiens errants aussi.

Où est-ce que les chiens errants ont disparu ?
Quels chiens errants ?
Comment ?
Pourquoi ?

13

Je cours rapidement, parce qu'il pleut beaucoup. Je suis un chat et je n'aime pas la pluie.

Mais j'ai besoin d'arriver au marché.

Il pleut beaucoup et il y a des grandes flaques[22]. Un scooter passe rapidement par une des flaques d'eau ! Je suis complètement mouillé[23]. Ah! Mes poils !

Pendant quelques minutes, je ne vois rien et j'ai de la difficulté à marcher ! J'ai besoin d'être plus prudent[24].

Je continue à courir jusqu'au marché. Je cours rapidement. Je n'aime pas la pluie.

Quelquefois, je visite le marché pendant la journée, mais normalement j'y vais pendant la nuit. Pendant la journée, je vois beaucoup de personnes au marché. Les gens achètent

---

[22] flaques : puddles.
[23] mouillé : wet.
[24] prudent : careful.

14

beaucoup de choses là-bas. Au marché on vend :

- des fruits et légumes
- de la viande[25]
- des vêtements et des chaussures
- des fournitures scolaires
- de l'artisanat[26] du Canada.

... et beaucoup d'autres choses.

Pendant la nuit, je ne vois personne. Mais si, je vois Timón, un chien errant gris et le ...leader... du groupe des chiens errants du marché. Ce marché s'appelle le Marché public de Sainte-Foy. Timón est dans sa « maison » avec trois chiens errants gris.

—Timón, comment vas-tu ? je lui demande.

—Salut, Un. Je vais bien. Mais comment vas-tu ? Tu es complètement mouillé ! me dit le chien gris.

---

[25] viande : meat.
[26] de l'artisanat : handicrafts.

15

—Oui. Il pleut beaucoup. Un scooter est passé par[27] une flaque …

—Zut![28]… mais pourquoi est-ce que tu es ici ? demande Timón.

—J'ai besoin d'informations, je lui dis.

—Quelles informations ? demande Timón.

—J'ai besoin de savoir :

Où est-ce que les chiens errants ont disparu ?
Quels chiens errants ?
Comment ?
Pourquoi ?

Timón me regarde et dit :

—OK, Un. J'ai des informations, mais ce ne sont pas des bonnes nouvelles.

---

[27] passé par : passed through.
[28] zut : darn!

16

Chapitre 6
Timón

Je parle avec Un encore une fois:

—Mais tu veux cette information, Un ? je lui demande

Normalement, les chats et les chiens ne sont pas amis, mais Un est un excellent chat et il est fort. Et Un veut aider. Il veut aider les chiens errants.

—Oui. J'ai besoin d'informations. Je veux aider les chiens. Sacha et Sadie ont besoin d'informations. Elles veulent aider les chiens

17

aussi. Sacha veut aider son petit ami, Benoît. Nous voulons tous aider, Un me dit.

—C'est bien. Je te dis que je sais, je dis à Un le chat. J'ai reçu[29] les informations de Flaca la Chienne Brune et de Nacho le Chien Blanc au centre-ville. Les deux ont des informations similaires: les chiens errants bruns de Novalait disparaissent. Trois ou quatre chiens chaque jour. C'est horrible. Un des policiers arrive en voiture avec de la délicieuse nourriture et...

À ce moment, il y a un grand bruit[30] et Un le chat a peur[31]. Le chat sort en courant[32] du marché. Mais d'abord, il prend un morceau de tissu[33] avec deux couleurs...

---

[29] j'ai reçu : I received.
[30] bruit : noise.
[31] le chat a peur : the cat is scared.
[32] sort en courant : leaves running.
[33] morceau de tissue : a piece of cloth.

18

Chapitre 7
Un

Je cours à la maison. Je cours parce qu'il pleut toujours. Je monte sur le toit, j'entre dans la maison et je marche jusqu' au patio. Je mets le morceau de tissu coloré par terre[34]. Je vois que ma soeur Deux la Chatte ne dort pas en ce moment et je lui dis :

—Deux, j'ai des informations importantes. Où sont Sacha et Sadie?

—Les chiennes dorment. Il est midi, dit Deux

—Non. Il est trois heures du matin, je dis.

---

[34] par terre : on the floor.

19

—Bah! C'est l'heure de dormir, elle me dit.

—Pourquoi est-ce que tu ne dors pas ? je lui demande.

—Je suis inquièt parce que j'ai entendu[35] un grand bruit, elle me dit.

—C'est le bruit des grues dans le port[36] . Rien de plus, je dis à Deux.

Ma sœur n'aime pas les bruits forts. Le port dans la ville du Vieux-Québec est très bruyant. Ce soir, il y a beaucoup de bruit. C'est effrayant[37], parce que le bruit est très fort.

En ce moment, Sacha et Sadie apparaissent[38] sur le patio avec nous.

—Qu'est-ce que tu sais, Un ? demande Sacha. Est-ce que tu sais ce qui est arrivé[39] à Benoît ? Et aux autres chiens errants ?
Je dois expliquer tout ce que je sais.

---

[35] j'ai entendu : I heard.
[36] bruit des grues dans le port : noise from the cranes in the port.
[37] effrayant : frightening.
[38] apparaissent : appear.
[39] Est-ce que tu sais ce qui est arrivé ?: Do you know what happened ...?

—Timón, un des chiens gris, m'a parlé[40] au marché. Ce ne sont pas de bonnes nouvelles, je leur dis. Les chiens bruns de Novalait disparaissent. Trois ou quatre chiens chaque jour. Les autorités arrivent avec de la nourriture délicieuse et emmènent les chiens errants. Ils disparaissent et on ne les revoit plus[41].

—Oh, non ! dit Sacha. Mon Benoît! Qu'est-ce que nous allons faire ? Qu'est-ce que nous pouvons faire ? Nous devons aider les chiens errants !

D'habitude, Deux la Chatte ne parle pas. Mais en ce moment, elle parle d'une voix sérieuse :

—Nous avons besoin d'organiser une révolution.

Tout le monde regarde la chatte.

Une révolution ?

---

[40] m'a parlé : talked to me.
[41] on ne les revoit plus : we never see them again.

21

Chapitre 8
Deux

Je suis Deux la Chatte. Je suis une excellente chatte, mais je ne parle pas beaucoup. Mon idée est très bonne. Nous, les animaux, nous devons organiser une révolution.

—Une révolution? demande mon frère, Un. Pourquoi ? Comment ?

—Nous devons aider les chiens errants. Nous devons manifester. Mais d'abord nous devons savoir exactement ce qui se passe, je lui dis. Tu dois aller au parc du centre-ville pour parler avec les chiens errants. Ils doivent enquêter pour découvrir où ils emmènent d'autres chiens.

22

—Pourquoi ? dit Un.

—Nous avons besoin d'informations correctes pour organiser une manifestation, la révolution.

—C'est bien, sœur. J'y vais cet après-midi. Je vais parler avec les chiens errants. Je vais leur expliquer ton idée.

—Bien. Maintenant, dors. Tu as un job très important, Un, je le dis à mon frère.

Chapitre 9
Un

Je sors de la maison à quatre heures de l'après-midi. Il fait soleil. D'abord, je vais à Novalait. Sur le chemin, je vois beaucoup de personnes en moto, en voiture et en taxi. Les personnes dans les rues disent : « Bon après-midi ». Je vois aussi beaucoup de chiens errants dans les rues.

Près de Novalait, il y a beaucoup de chiens errants de couleur brune. Ils sont en groupe.

—Bonjour, je leur dis.

24

Flaca la chienne errante brune est une chienne très importante; c'est la leader des chiens errants. Elle parle la première:

—Un, qu'est-ce que tu fais ici ? D'habitude tu ne viens pas ici avant le soir.

—Bon après-midi, Flaca. Je dois parler avec vous. C'est très important.

—Il y a des problèmes, Un ? demande un autre chien errant.

—Combien de chiens est-ce qu'il y a dans ton groupe maintenant ? je leur demande.

—Il y en a onze, dit Flaca la Chienne Brune.

—Et la semaine dernière ? je leur demande.

—Il y en avait[42] quinze. Les chiens errants disparaissent, me dit-elle.

—Comment ? je leur demande. Pourquoi ?

---

[42] il y en avait - there were.

25

J'ai besoin d'informations, nous devons savoir pourquoi. Je veux vous aider, mais j'ai besoin de l'information correcte.

—Les autorités arrivent dans l'après-midi avec de la nourriture délicieuse. Quelques chiens mangent la nourriture et disparaissent dans les voitures des policiers, dit Flaca la Chienne Brune.

—C'est un problème. Et où vont-ils? je leur dis.

—Nous ne savons pas. Et nous ne savons pas pourquoi. Nous sommes inquiets, dit Flaca la Chienne Brune.

—C'est bon. Je vais enquêter. Vous êtes un grand groupe de chiens errants bruns. Nous devons enquêter où vont vos amis, je leur dis. Je vais parler avec les chiens errants blancs de la ville.

—Merci pour ton aide, Un.

—C'est bien, Flaca. Nous devons tout organiser. Et si c'est nécessaire, nous devons manifester. Nous devons organiser une révolution.

—Merci beaucoup, Un. Merci beaucoup, dit Flaca la Chienne Brune.

—Et, Flaca, où est Benoît ? Sacha est inquiète.

—Ahhh, Un. Benoît a disparu[43] la semaine dernière, crie Flaca la Chienne Brune.

—C'est horrible. Nous devons enquêter et tout organiser. Nous devons manifester ! Maintenant j'ai beaucoup de travail. Au revoir, mes amis. Nous parlerons[44] plus tard.

Je cours dans les rues de la ville. Je passe devant les vaches de la ferme Novalait. Elles sont blanches et noires et elles sont très importantes ici à Québec. Mais les chiens errants au Canada sont très importants aussi. À ce moment, je vois un morceau de tissu bleu et blanc avec une fleur-de-lys. Je vole le tissu et je continue à marcher vers la ville.

---

[43] a disparu : disappeared.
[44] nous parlerons : we will speak.

27

Chapitre 10
Nacho

Je m'appelle Nacho. Je suis un grand chien. Je suis un chien errant blanc. J'ai les poils blancs, mais j'ai les yeux marron et le nez noir. J'habite au nord de la ville de Québec, près du port. J'habite avec les autres chiens blancs dans un grand groupe.

28

Nous marchons partout dans la ville, parce que nous avons besoin de nourriture. Les chiens errants gris, nos amis du marché, mangent la nourriture du marché. Les chiens errants bruns reçoivent de la nourriture qu'il y a pour les animaux de la ferme. Mais nous…, nous mangeons la nourriture de la poubelle[45] des restaurants. Nous mangeons aussi la nourriture que les restaurants mettent devant les portes pour nous, les chiens errants. Québec est une ville que les chiens errants aiment. Nous avons

---

[45] poubelle : garbage.

29

de la chance parce qu'il y a des magasins et des restaurants sur la Place Royale qui mettent de la nourriture dans la rue près des portes pour les chiens errants.

Nous mangeons devant la porte d'un restaurant quand nous voyons un chat. Un chat blanc...

—Salut, mes amis, dit le chat.

—Salut. Comment t'appelles-tu? je lui demande.

—Je m'appelle Un. Je suis un excellent chat. Je veux aider les chiens errants.

Nous n'aimons pas les interruptions quand nous mangeons. Et un ami veut attaquer le chat blanc.

—Est-ce que vous avez besoin d'aide ? Comment vas-tu aider les chiens?

—Oui, nous avons besoin d'aide. J'ai parlé[46] avec Flaca la Chienne Brune à la ferme Novalait.

---

[46] j'ai parlé : I talked.

30

Elle dit que les chiens errants disparaissent, dit Un.

À ce moment, mon ami, un énorme chien errant blanc, attaque Un le Chat. Il utilise sa patte pour attaquer le chat.

Un crie :

—Ah, non!

Le chien errant blanc veut attaquer le chat !

—Non! je crie. Un le Chat est un ami.

Le chien errant énorme fait peur à Un le Chat, mais Un ne fait pas peur du chien errant énorme. C'est un chat très courageux.

—Un, ça va bien? je lui dis.

—Oui, je vais bien. Merci, dit Un. Je vais vous expliquer le problème.

—Les chiens errants de la ferme Novalait disparaissent, non ? C'est horrible. C'est un problème. Comment pouvons-nous vous aider ? je dis.

—Vous pouvez nous aider. Nous avons besoin de plus d'informations. Les autorités emmènent les chiens dans leurs voitures et...

—C'est complètement horrible, je dis. Où vont-ils ?

—Je ne sais pas. Est-ce que vous pouvez enquêter ? demande Un le chat. Est-ce que vous pouvez suivre[47] les voitures des autorités ? Nous devons découvrir où ils vont avec les chiens errants, je leur dis.

—Bien sûr. Bien sûr. Nous allons vous aider, je dis.

—Merci. Je rentre à la maison pour parler avec Sacha et Sadie.

—Ah, tu vis avec elles ? Elles sont de très bonnes chiennes, je dis.

—Oui. Elles sont très bonnes, dit Un. Je vais à la maison pour tout leur expliquer.

---

[47] suivre: to follow.

32

—Prends ce drapeau bleu et blanc avec les fleurs-de-lys. C'est un souvenir[48] de nous pour Sacha et Sadie, je dis à Un...

—Merci. J'ai un autre tissu ici. Et j'ai un autre tissu à la maison. Et j'ai aussi des sous-vêtements ! Ha, ha! Les drapeaux sont de beaucoup de couleurs et sont très importants. Nous allons utiliser les tissus, dit Un.

—Comment ? je lui demande.

—Pour la révolution, dit Un.

---

[48] souvenir : a souvenir, a remembrance.

Chapitre 11
Un

Je cours jusqu'à la maison. À la maison, j'ai les deux drapeaux du Québec. Les drapeaux sont du Canada. Au Canada, il y a deux drapeaux. Les drapeaux sont très importants pour les personnes du Canada. Ces drapeaux sont des vieux drapeaux du Québec[49].

J'arrive à la maison. Après avoir parlé avec Flaca la Chienne Brune et avec Nacho et les autres chiens errants, j'ai plus d'informations pour mes

---

[49] vieux drapeau de Québec : Old Quebec flags

34

sœurs, Sacha, Sadie et Deux. Il fait nuit. J'ai des tissus dans ma bouche. Je les mets[50] par terre[51].

—Bonjour, mes sœurs, je dis.

—Salut, Un. Quelles informations as-tu ? dit Deux.

J'explique la situation:

—Les chiens errants bruns disparaissent du quartier de la ferme Novalait. Les autorités leur donnent de la nourriture et plus tard ils les mettent dans des voitures et ils disparaissent. C'est horrible.

—NON! dit Sacha. Et mon Benoît ?

—Sacha, j'ai de mauvaises nouvelles. Benoît a disparu la semaine dernière. Mais tout va bien. Les chiens blancs vont enquêter, je lui dis.

—Quand est-ce que nous allons avoir les informations ? dit Sacha, inquiète.

—Demain. Demain après-midi, je lui dis.

_____

[50] je les mets : I put them.
[51] par terre : on the floor.

Maintenant Deux parle. Deux ne parle pas beaucoup, mais quand elle parle…

—Et tu as ces drapeaux ? Ils sont pour quoi ? demande Deux.

—Pour la révolution. Pour ta révolution. Quand nous recevons les informations, nous allons organiser la révolution.

Chapitre 12
Nacho

—Nous allons à la ferme Novalait, je dis aux autres chiens. Nous devons enquêter sur la situation.

—Oui ! Allons-y ! disent les chiens errants.

Nous courons en ville. Nous passons devant beaucoup de magasins et beaucoup de restaurants. Nous devons savoir: où disparaissent les autres chiens errants ?

*****

37

Sur le chemin[52] de la ferme Novalait, nous voyons deux voitures des autorités. Les voitures roulent lentement. Nous regardons toutes les voitures.

—Regarde ! Les voitures ont des chiens errants bruns! dit un chien errant blanc.

—Allons-y ! je leur dis.

Les autres chiens errants blancs et moi courons derrière les voitures. Nous voulons aider nos amis. Où vont-ils ?

—Nous avons besoin de plus d'aide. Deux de nous devons aller au marché. Nous avons besoin de l'aide de Timón et des autres chiens errants, je dis aux chiens errants blancs.

---

[52] sur le chemin : on the way.

38

Chapitre 13
Timón

C'est mercredi après-midi. Ce n'est pas jour de marché et il n'y a pas beaucoup de personnes à cette heure. Les personnes avec les iris versicolor[53] et les autres fleurs[54] rentrent à la maison. D'autres personnes, avec des légumes[55] et des fruits, rentrent aussi à la maison. Il n'y a pas beaucoup de personnes.

Soudain, je vois Un le Chat et deux chiens errants blancs. Qu'est-ce qui se passe ?

---

[53] iris versicolor : an indigenous spring flower of Québec
[54] fleurs : flowers.
[55] legumes : vegetables.

39

Un le Chat arrive où je suis.

—Un, qu'est-ce que tu fais ici ? Fais attention[56] avec les chiens errants... je dis à mon ami le chat.

—Je dois aller en ville pour parler avec Nacho... il me dit.

Maintenant, les chiens errants avec de très grandes gueules[57] et d'énormes dents arrivent où nous sommes, Un le chat et moi.

—Ce n'est pas nécessaire d'attaquer le chat, je leur dis—. C'est un ami.

—Nous le connaissons. Un vit avec Sadie et Sacha. C'est un excellent chat, dit un des chiens blancs. Nous avons des informations et nous voulons votre aide.

Les deux chiens blancs expliquent que les chiens errants bruns de la ferme Novalait vont en voiture avec les autorités et qu'ils disparaissent.

---

[56] fait attention : be careful.
[57] gueules : mouths, muzzles.

—Nous devons manifester. Nous devons organiser une révolution. Nous devons aider nos amis. Nous allons au parc du centre-ville dans une heure, dit Un.

—C'est bien. Nous allons vous aider, je dis à mon ami, le chat blanc.

—Merci, dit Un le Chat. Je rentre à la maison. Sadie et Sacha vont nous aider aussi. Merci, mes amis. Nous nous verrons[58] dans une heure, dit Un.

---

[58] nous nous verrons : we'll see you.

41

Chapitre 14
Un

Je cours rapidement à la maison. Par chance, Sadie et Sacha sont dehors avec madame.

—Sadie ! Sacha ! Il faut vite aller au centre ! C'est l'heure de la révolution ! je crie.

Sadie et Sacha sont de bonnes chiennes. Elles écoutent bien, et courent rapidement !

—Courez ! Je vais parler avec Deux et je vais sortir les tissus, je crie.

J'entre dans la maison et je parle avec ma soeur, Deux la Chatte

42

—Deux, c'est l'heure de la révolution.

—Bien sûr, Un. Bonne chance. Voici les tissus.

Le Chat Deux a tous les tissus (et les sous-vêtements !). Je les prends dans ma bouche et je cours encore une fois en ville.

Chapitre 15
Sacha

Au parc du centre-ville, nous voyons un grand groupe de chiens errants de toutes les couleurs: blancs, gris, et bruns. Tout le monde veut savoir où sont les chiens errants bruns qui disparaissent.

Nacho parle le premier :

—Mes amis, nous allons courir jusqu'au quartier où se trouvent les chiens errants bruns. Nous devons courir rapidement et aboyer[59]

---

[59] aboyer : to bark.

44

beaucoup. Toute la ville va voir la manifestation !

Un chien errant gris crie :

—Allons-y !

Avec les tissus bleus et blancs et une fleur-de-lys comme drapeau[60] du Québec, les chiens errants, Sadie et moi courons très rapidement. Les chiens courent et aboient. Nous courons vers le nord par la rue Saint-Louis. Nous arrivons au Château Frontenac[61]. Après ça, nous allons vers le sud-est par la Rue des Carrières. Nous sommes fatigués. Nous sommes très fatigués.

Finalement, nous arrivons à une grande maison. La maison a un très grand portail[62] aussi. Une voiture des autorités entre, mais le portail se ferme[63] et nous ne pouvons pas entrer.
Nous sommes devant la grande maison. Nos nez nous disent qu'il y a beaucoup de chiens errants

---

[60] drapeaux : flags.
[61] Chateau Frontenac : a historic hotel in Quebec City.
[62] portail : gate.
[63] se ferme : it closes.

45

dedans. Il y a beaucoup de chiens errants en cages. Pauvres chiens errants.

Nous continuons avec notre manifestation. Nous aboyons et aboyons.

Qu'est-ce que nous pouvons faire d'autre ?

Chapitre 16
Un

Qu'est-ce que nous pouvons faire d'autre ? Nous devons aider les chiens errants bruns.

Flaca la Chienne Brune parle :

—Nous allons aider nos amis. Nous allons manifester bruyamment. Nous allons aboyer très fort.

Bien sûr, je n'aboie pas. Mais les chiens errants aboient et manifestent beaucoup. Ils sont très forts. Ils veulent aider leurs amis.

Les chiens errants aboient et aboient. Tous les chiens errants aboient.

Entendant tout ce bruit, un policier ouvre finalement le portail. Sacha voit son petit ami, Benoît. Il est en cage. Flaca la Chienne Brune dit qu'il a disparu il y a une semaine[64].

—Benoît ! ça va bien, crie Sacha. Comment vas-tu ? Qu'est-ce qui se passe ici ?

—Ah, Sacha, mon amour ! Comment vas-tu ? dit Benoît.

Tout le monde voit que Benoît va bien. Il n'est pas malade. Il va bien. Il est grand.

—Benoît, ça va bien ? demande Sacha. Pourquoi est-ce que tu n'es pas avec les autres chiens errant bruns ?

—Sacha, mon amour, je vais très bien. Je vais super bien, dit Benoît.

---

[64] il y a une semaine : a week ago.

Mais Benoît est derrière[65] un portail, en cage...
Pourquoi est-ce qu'il dit qu'il va bien ?

---

[65] derrière : behind.

Chapitre 17
Timón

Sacha parle avec son petit ami, Benoît. Benoît est en cage, mais il va bien.

Pourquoi est-il en cage ?

Sacha pose[66] plus de questions à Benoît :

—Benoît, tu n'es pas malade ? Pourquoi est-ce que tu n'es pas avec les autres chiens errant bruns ?

Benoît explique :

---

[66] (elle) pose : she asks.

50

—Je suis ici à l'hôpital. Il y a une semaine qu'ils m'ont opéré[67]. Maintenant, je vais très bien. Je vais retourner à la ferme Novalait demain ou après-demain[68].

QUOI ???

Tous les chiens aboient en même temps[69]. Sacha dit :

—Benoît, explique, s'il te plaît. Quelle opération?

Benoît explique que la grande maison est un hôpital pour les chiens errants. « Les autorités » veulent aider à contrôler le nombre de chiens...

Sacha parle :

—Ils opèrent tous les chiens errants ? Pour contrôler le nombre de chiens errants en ville ? C'est tout ? Tu vas retourner à la ferme Novalait ?

---

[67] ils m'ont opéré : they operated on me.
[68] après-demain : the day after tomorrow.
[69] en même temps : at the same time.

51

Benoît explique:

—Oui, mon amour. Il n'y a pas de problème. Tous les chiens errants vont retourner à la ferme Novalait. Les policiers sont très gentils avec nous. Nous mangeons de la bonne nourriture ici et nous dormons beaucoup.

—Benoît, ce sont de bonnes nouvelles. Je suis très contente. Nous sommes très contents. Surtout moi. Benoît, je t'aime, dit Sacha.

—Je t'aime aussi, Sacha. Je t'aime.

Tous les chiens errants aboient en même temps. Mais cette fois ils sont contents.

Chapitre 18
Deux

Après la manifestation, Sadie, Sacha et Un arrivent à la maison. Les chiens aboient, mais pas très fort. La dame ouvre la porte et ils entrent.

Les trois sont très fatigués. Sadie a un tissu bleu et blanc et Sacha a l'autre. Ils les mettent par terre. Un, le voleur, a les sous-vêtements. Ha, ha !

Un ne parle pas. Sadie et Sacha ne parlent pas. Elles ne disent rien. Finalement, je dis :

53

—Qu'est-ce qui se passe ? Ça va ? Et la révolution ? je leur dis.

La queue de Sacha bouge[70] beaucoup. Elle est très contente.

—Ah, Deux. Benoît va bien. Ils l'ont emmené[71] pour l'opérer[72].

—Ils l'ont opéré[73] ? Pourquoi ? Il est malade ? je demande, inquiète.

—Non. Il va très bien. Les autorités opèrent tous les chiens errants. Les policiers veulent aider à contrôler le nombre de chiens. Mais les policiers sont bons; ils donnent de la bonne nourriture aux chiens errants et ils peuvent beaucoup dormir.

—Ah, je vois. Mais, et la révolution ? je demande.

Un parle maintenant :

---

[70] bouge : (it) moves.
[71] Ils l'ont emmené : they took him.
[72] pour l'opérer : to operate on him.
[73] ils l'ont opéré? : they operated on him?

54

—Ton idée de révolution était[74] fantastique. Tous les chiens errants ont aboyé[75] et ont beaucoup manifesté[76]. Les policiers ont ouvert[77] le portail et nous avons vu[78] Benoît et il nous a expliqué[79] la situation.

—Fantastique ! Je suis fière[80] de vous tous, je leur dis. C'est important de manifester quand c'est nécessaire. Très très important.

---

[74] était : (it) was.
[75] ont aboyé : they barked.
[76] ont manifesté : they protested.
[77] ont ouvert : they opened.
[78] nous avons vu : we saw.
[79] il nous a expliqué : he explained to us.
[80] fière : proud.

Épilogue

Maintenant, la vie pour Deux la Chatte est comme avant. Elle dort beaucoup sur le patio et quelquefois elle joue avec les insectes.

Sadie est toujours comique, mais maintenant elle est plus active. Elle n'est plus paresseuse. Elle aboie quand il y a des personnes à la porte de la maison et elle aide beaucoup madame.

Sacha continue à beaucoup parler. Mais c'est une bonne chienne et quand madame va en voiture à la ferme Novalait pour acheter des légumes, Sacha va avec elle. De la voiture, Sacha peut voir son petit ami, Benoît.

Après avoir dormi quelques jours, Un continue son travail. Il sort le soir et il va voir les chiens errants du marché, de la ville et de la ferme Novalait, et le matin il rapporte les informations à ses sœurs.

Bien sûr, il continue à voler les sous-vêtements. Maintenant il a une collection de beaucoup de couleurs.

Glossaire

A
à - to, at
aboie - barks
aboient - bark
aboyer - to bark
aboyons - bark
aboyé - barked
achète - buys
acheter - to buy
active - active
adoptives - adopted
ai - have
aide - s/he, it helps
aider - to help
aime - s/he, it likes
aiment - they like
aimons - we like
aller - to go
allons - go
ami(s) - friend(s)
amour - love
animal - animal
animaux - animals
apparaissent - appear
m'appelle - call myself
s'appelle - calls her-, him-, itself
t'appelles - call yourself
apportes - bring
après - after

après-midi - afternoon
arrive - arrives
arrivent - they arrive
arriver - to arrive
arrivons - arrive
arrivé - arrived
artisanat - arts & crafts
as - have
attaque - attacks
attaquer - to attack
attention - attention
au - to the, at the, in the
au revoir - good-bye
aussi - also
autorités - authorities
autre(s) - other
aux - to the, at the, in the
(il y en) avait - there were
avant - before
avec - with
avez - have
avoir - to have
avons - have

B
baigner - to bathe
beaucoup - a lot

57

bête - silly
(avoir) besoin - to need
bien - well
bien sûr - of course
bilingue - bilingual
blanc(s) - white
blanche(s) - white
bleu(s) - blue
bon/ne(s) - good
bonjour - hello
bouche - mouth
bouge - moves
bruit(s) - noise(s)
brun/e(s) - brown
bruyamment - loudly
bruyant - noisy

C
c'/ça/ce - this
cage(s) - cage(s)
ce - this
centre - center/ downtown
ces - these
c'est - this is
cet - this (m.)
cette - this (f.)
chacune - each
(avoir) chance - to be lucky
chaque - each
chat(s) - cat(s) (m.)
chatte - cat (f.)
chaussures - shoes
chemin - path

chien(s) - dog(s) (m.)
chienne(s) - dog(s) (f.)
choses - things
collection - collection
coloré - colored
combien - how many
comique - funny
comme - like, as
comment - how, what
complètement - completely
comprends - understand
connaissons - know
content/e(s) - happy
continue - continue(s)
continuons - we continue
contrôler - to control
correcte(s) - correct
couleur(s) - color(s)
courageux - courageous
courant - running
courent - run
courez - run
courir - to run
courons - run
cours - run
courts - short
crie - yell(s)
criminel - criminal

58

D

d'abord - first
dame - woman
dangereux - dangerous
dans - in
de - of, from
dedans - within
dehors - outside
demain - tomorrow
demande - ask(s)
dents - teeth
dernière - last
derrière - behind
des - of
Deux - Two (name of cat)
devant - in front of
devons - must
difficulté - difficult
différent/e(s) - different
dis - say
disent - say
disons - say
disparaissent - disappear
disparu - disappeared
dit - says
dois - must
doivent - must
(animaux) domestiques - pets
donnent - give
dorment - sleep

dormi - slept
dormir - to sleep
dormons - we sleep
dors - sleep
dort - sleeps
drapeau(x) - flag(s)
du - of
découvrir - to discover
délicieuse - delicious

E

eau - water
écoutent - listen
écouter - to listen
écoutes - listen
effrayant - scary
elle - she
elles - they (f.)
emmené - taken away
emmènent - take away
en - in
encore - still
énorme(s) - enormous
enquêter - to investigate
entendant - hear
entendre - to hear
entendu - heard
entre - enter
entrent - enter
entrer - to enter
errant/e(s) - stray

59

es - are
est - is
et - and
était - was
étions - were
exactement - exactly
excellent/e –
    excellent
explique - explains
expliquent - explain
expliquer - to
    explain
expliqué - explained

F
faire - to do
fais - (I)(you) do
fait - (s/he) does
fantastique –
    fantastic
fatigués - tired
(il) faut vite aller –
    we must go
    quickly
ferme - farm
fière - proud
finalement - finally
flaque(s) - puddle(s)
fleur(s) - flower(s)
fois - time
fort(s) - strong
fournitures –
    supplies
frère - brother
fruits - fruit

G
gens - people
gentils - nice
grand - tall
grande(s) - big
gris/e - gray
groupe - group
grues - cranes
gueules - mouth,
    muzzle

H
habite - live
habitons - live
d'habitude - usually
haut - high
heure(s) - hour(s)
hôpital - hospital
horrible - horrible

I
ici - here
idée - idea
il - he
il y a - there is, are
ils - they (m.)
immense - immense
important/e(s) –
    important
impossible –
    possible
information(s) –
    information
inquiète - worried
inquiets - worried

60

insectes - insects
intelligente -
   intelligent
interruptions -
   interruptions
intéressante -
   interesting

J
jaunes - yellow
je - I
job - job
joue - play(s)
jour(s) - day(s)
journée - day
jusqu'à - until

L
la - the, her
là-bas - over there
laitière - dairy
(me) lave - wash
   myself
le - the
leader - leader
lentement - slowly
les - the, them
leur(s) - their
longue(s) - long
lui - to him, to her
légumes - vegetables

M
ma - my
madame - Mrs.

magasins - shops
maintenant - now
mais - but
maison(s) - house(s)
malade - sick
mange - eat
mangent - eat
mangeons - eat
manifestation -
   protest
manifestent - protest
manifester - to
   protest
manifesté -
   protested
marche(s) -
   market(s)
marcher - to walk
marchons - walk
marché - walked
marron - brown
matin - morning
mauvaises - bad
me - me, to me
meilleure - better
même - same
merci - thanks
mercredi -
   Wednesday
mes - my
mets - put
mettent - put
midi - midday
minutes - minutes
moi - me
moment - moment

mon - my
monde - world
monte - climb
morceau - piece
moto - motorcycle
mouillé - wet
moyenne - average

N

ne...pas - do not
nez - nose
noir(es) - black
nombre - number
non - no
nord - north
normalement -
normally
nos - our
notre - our
nourriture - food
nous - we
nouveaux - new
nouvelles - new
nuit - night
nécessaire(s) -
necessary

O

obtenir - to get
obtiens - get
on - we
ont - have
onze - eleven
opération -
operation

opèrent - operate
opérer - to operate
opéré - operated
oreilles - ears
organiser - to
organize
ou - or
oui - yes
ouvert - opened
ouvre - opens

P

par - by
parc - park
parce que - because
paresseuse - lazy
parle - speaks
parlent - speak
parler - to speak
parlerons - we will
speak
parles - speak
parlons - speak
parlé - spoke
partie - part
partout - everywhere
pas - not
passe - passes,
spends
passons - we spend
passé - passed
patio - patio
patte(s) - paw(s)
pauvres - poor
pendant - while

personne(s) - person(s)
petit - small
peu - a little
peur - fear
peut - can
peuvent - can
(s'il te) plaît - if (you) please
pleut - it rains
pluie - rain
plus - more
poils - fur
policier(s) - police
port - harbor
portail - gate
porte(s) - door(s)
pose - asks
poubelle - garbage
pour - for
pourquoi - why
pouvez - can
pouvons - can
premier - first
première - first
prend - takes
prends - take
printemps - spring
problème(s) - problem(s)
prudent - careful
public - public

Q
quand - when

quartier(s) - district(s)
quatre(s) - four
que - **than,** than
quel/le(s) - what
quelquefois - sometimes
quelques - a few
questions - questions
queue(s) - tail(s)
qu'est-ce que - what
qui - who
quinze - fifteen
quoi - what

R
ragots - gossip
rapidement - quickly
rapporte - report
recevons - we receive
reçoivent - receive
regarde - looks at
regardons - look at
rentre - return
rentrent - return
ressemble - resembles
restaurant(s) - restaurant(s)
retourner - to return
rien - nothing
rose - pink
roulent - roll (by)
rue(s) - street(s)
rural/e - rural

63

révolution – revolution

S
sa - his, her
sais - know
salut - hi
savoir - to know
savons - we know
scolaires - school
scooter - scooter
se - her, him, itself
semaine - week
sérieuse - serious
ses - his, her
seulement - only
si - if
similaires - similar
situation - situation
soeur(s) - sister(s)
soir - evening
soleil - sun
sommes - are
son - his, her
sont - are
sors - leave
sort - leaves
sortir - to leave
soudain - suddenly
sous - under
souvenir - souvenir
sud - south
suis - am
suivre - to follow
sujet - subject
super - super

sur - on
surtout - especially

T
ta - your
taille - size
tard - late
taxi - taxi
te - yourself
temps - time
terre - land
tes - your
timide - shy
tissu(s) - cloth(s)
toi - you
toit(s) - roof(s)
ton - your
toujours - always
tous - all
tout - all
toute(s) - all
travail - job
très - very
trois - three
trouvent - find
tu - you

U
Un - One (name of cat)
un/e - a, an
utilise - uses
utiliser - to use
utilises - use

64

V
va - goes
vaches - cows
vais - go
vas - go
vend - sell
verrons - will see
vers - towards
vêtements - clothing
veulent - want
veut - wants
veux - want
viande - meat
vie - life
viens - come
vient - comes
vieux - old
ville - city
vis - live
visage - face
visite - visit
vit - lives
vite - quickly
vivent - live
vivons - live
voici - here is
voir - to see
vois - see
voit - sees
voiture(s) - car(s)
voix - voice
vole - steal
voler - to steal
voleur - thief
volées - stole
vont - go

vos - your (pl.)
votre - your (pl.)
voulons - want
vous - you (pl.)
voyons - see
vrai - true
vu - saw

Y
y - there
yeux - eyes

Z
zut - darn!

ABOUT THE AUTHOR

Jennifer Degenhardt taught high school Spanish for over 20 years and now teaches at the college level. At the time she realized her own high school students, many of whom had learning challenges, acquired language best through stories, so she began to write ones that she thought would appeal to them. She has been writing ever since.

Other titles by Jen Degenhardt available on Amazon:

La chica nueva | La Nouvelle Fille | <u>The New Girl</u>
La chica nueva (the ancillary/workbook
volume, Kindle book, audiobook)
Chuchotenango
El jersey | <u>The Jersey</u> | *Le Maillot*
La mochila | <u>The Backpack</u>
Moviendo montañas
La vida es complicada
Quince
El viaje difícil | *Un Voyage Difficile* | <u>A Difficulty</u>
<u>Journey</u>
La niñera
La última prueba
Los tres amigos | <u>Three Friends</u> | *Drei Freunde* | *Les*
Trois Amis
María María: un cuento de un huracán | <u>María María:</u>
<u>A Story of a Storm</u> | Maria Maria: un histoire d'un
orage
Debido a la tormenta
La lucha de la vida | <u>The Fight of His Life</u>
Secretos
Como vuela la pelota

67

@jendegenhardt9

@puenteslanguage &
World LanguageTeaching Stories (group)

Visit www.puenteslanguage.com to sign up to receive information on new releases and other events.

Check out all titles as ebooks with amazing audio on www.digilangua.co.

68

ABOUT THE COVER ARTIST

Hi! My name is Camilo Mendoza, an enthusiastic and extroverted youth. I don't like to stay in one place for very long. This year, 2020, I will graduate with a diploma in travel and tourism. I live in Jocotenango, a small town in the state of Sacatepéquez, Guatemala. Since I was a kid I have always loved to look at and appreciate art for its colors and all of its illusion and magic in whatever space. My passion is photography, but I also like to draw and paint. Near where I live there is a cultural community project called "Los Patojos," where I have been able to study for high school and

69

have been able to learn other techniques related to art. In the future I aspire to be a great visual artist.

www.ingramcontent.com/pod-product-compliance
Lightning Source LLC
Chambersburg PA
CBHW071418170626
46811CB00003B/1449